ÉPITRE

A VICTOR COUSIN

Toda nuestra sabiduria es presuncion
acreditada en la ignorancia de los otros.
QUEVEDO.

PARIS
IMPRIMÉ CHEZ BONAVENTURE ET DUCESSOIS,
55, QUAI DES AUGUSTINS.
1854

ÉPITRE

A VICTOR COUSIN

ÉPITRE

A VICTOR COUSIN

Toda nuestra sabiduría es presuncion
acreditada en la ignorancia de los otros.

QUEVEDO.

PARIS
IMPRIMÉ CHEZ BONAVENTURE ET DUCESSOIS,
55, QUAI DES AUGUSTINS.

1854

ÉPITRE

A VICTOR COUSIN

Nourrisson, comme moi, du vieux père Lepitre,
Sais-tu de quelles mains tu reçois cette épître,
Cousin? Rappelle-toi, tu n'as pu l'oublier,
L'étrange régiment que, malin écolier,
Tu recrutas un jour parmi tes camarades.
Tu leur distribuas les titres et les grades ;
Et résumant d'un mot leurs naissantes vertus,
Appelas finement tes soldats : « les Obtus. »
Eh bien! j'étais l'un d'eux; et portais, quoique infime,
Des galons que j'ai dus, sans brigue, à ton estime,

Quand tu ressuscitais, par amour des anciens,
Le bataillon sacré des lourds Béotiens.
Cherchant déjà le vrai dans ta jeune énergie,
Tu préludais sur nous à la psychologie.
Fils d'Eve, et plein d'ardeur pour le fruit défendu,
Moi, pour la balle au pot et le cheval fondu,
Je négligeais Platon, Virgile, Horace, Homère,
Qui me le pardonnaient, et d'un cœur débonnaire,
Passant sur des péchés sans malice commis,
Sont depuis devenus de mes meilleurs amis;
M'accompagnent aux champs, me suivent en voyage;
Et, prodigues pour moi des trésors d'un autre âge,
Me montrent, dans la nuit du vieux monde païen,
Les premières lueurs du beau, du vrai, du bien.
Le beau, le vrai, le bien! trinité pure et sainte
Dont les œuvres de Dieu portent la vive empreinte;
Et dont celle où ton choix les a pris pour sujet,
Avec tant de bonheur, reproduit le cachet.
Le beau, le vrai, le bien! Que j'aime, dans ton livre,
Avec ce vol altier, Cousin, te les voir suivre,

Remontant des rayons dont ils frappent tes yeux
Jusqu'au maître divin, leur foyer dans les cieux.
Oui, tu l'as dit : En nous Dieu mit une lumière
Dont l'éclat ne doit rien à l'inerte matière ;
Et s'il faut reconnaître aux organes du corps
Le jeu le plus parfait des plus justes ressorts ;
Si la sensation, comme un fil électrique,
Porte jusqu'au cerveau son signe sympathique,
A la seule raison l'Eternel a commis
La clef de ces signaux aveuglément transmis.
Mais, si Platon dit vrai, parmi ceux du vulgaire,
Jusqu'au jour où, brisant sa chaîne sublunaire,
L'âme retourne à Dieu, soumise aux mêmes lois
Que sa prison terrestre, elle en subit le poids.
Union passagère où trop souvent domine
L'impérieux limon sur l'essence divine ;
A moins que notre esprit, par un puissant effort,
Ne s'isole des sens, en les frappant de mort.
Socrate l'affirmait, si j'en crois son élève,
Qui mit sous ce grand nom, je le crains, plus d'un rêve :

Pour entrevoir ici la céleste clarté
De ce jour sans déclin, où luit la vérité,
Il faut, s'affranchissant des liens de la terre,
S'imposer, dès la vie, une mort volontaire.

Quant à toi, plus ami du vrai que de Platon,
Tu maintiens que le corps n'est point une prison.
Ce serait, à ton sens, plutôt notre fenêtre.
On pourrait tous les deux vous accorder peut-être.
Car ta fenêtre enfin suppose un mur pignon ;
Et sa prison, à lui, n'exclut pas un balcon,
Sur lequel, oubliant ses entraves mortelles,
L'âme irait contempler les beautés éternelles.
C'est ainsi que tu dois, entre les deux repas,
Quand le corps bien repu ne t'importune pas,
T'en isoler souvent, te prenant pour étude,
Et te tâtant partout avec sollicitude ;
Réfléchissant surtout à l'immense regret
Que ton départ subit ici nous laisserait ;
Et sans demander aide à l'affreuse ciguë

Qu'en dépit de Criton le philosophe a bue.

Lorsqu'ici je dis toi, sans doute tu comprends.
Par toi c'est la raison, c'est l'esprit que j'entends,
La part que Dieu te fit d'âme et d'intelligence,
Ce quelque chose en toi qui conçoit et qui pense,
Et qu'un économiste, ou Smith ou Chevallier,
Nommerait capital, en style du métier.
A bon droit. Car sitôt que paraît un volume
Gros de ces traits profonds s'échappant de ta plume,
A peine le public en est-il averti
Qu'en beaux et bons écus ton livre est converti.

Or, ce souffle divin, ton âme, ta pensée,
D'un de ses attributs l'Éternel l'a douée :
C'est de se réfléchir, c'est de s'apercevoir,
Elle-même à la fois œil, image et miroir.
De sa noble origine, oui, sondant le mystère,
Comme le fils d'Ulysse en quête de son père,
Hardiment, dans l'espace, elle prend son essor ;

Et même on la dirait ou Minerve ou Mentor.
Et moi j'ai tout le fruit de cette autre Odyssée,
Voyage aventureux qu'entreprend ta pensée.
Car pour moi ton libraire est vraiment obligeant.
Je puis donc à mon gré, quand je suis en argent,
M'emparer sans façon du produit de tes veilles.
Comme un frelon qui vit aux dépens des abeilles,
Je dévore ton livre; et sans soin, ni labeur,
J'ai le suc, j'ai le miel, le parfum, la saveur.
Que tu traites du beau, dans son plus noble type,
Nous le montrant en Dieu son éternel principe;
Ou, que te complaisant dans d'autres vérités,
Tu vantes les contours de ces grasses beautés,
L'altière Montbazon, la tendre Longueville
Qui faisait les yeux doux en plein Hôtel de Ville;
Avec un juste orgueil, je sens toujours qu'en tout,
Idéal ou réel, je partage ton goût.
Car si j'attache aussi les yeux sur la matière,
(L'étude a son attrait), fût-ce une Lavallière,
La beauté qui n'a pas.... n'importe, tu sais quoi,

Me fait exactement le même effet qu'à toi :
De m'émouvoir jamais, parbleu ! je la défie.
Mais revenons, Cousin, à la philosophie.
C'est une belle chose, il faut en convenir,
Et dont, après dîner, j'aime à m'entretenir.

Tu n'as pas, je le sais, besoin que je t'encense ;
Le mérite avec lui porte sa récompense.
Mais j'ai droit cependant de te complimenter,
Comme ta modestie a droit de m'écouter.
Au milieu de ce feu, reste de ta jeunesse,
Passion qui bouillonne au fond de la sagesse,
Comment ne pas louer l'éclectisme prudent
Qui maintient ton esprit toujours indépendant !
J'aime à voir qu'un grand nom, qu'une grande parole
Ne t'éblouissent pas de leur belle auréole ;
Et que s'appelât-elle Hume, Leibnitz ou Kant,
L'erreur n'a pu jamais t'avoir pour complaisant.
Aussi, lorsque d'un mot tu confonds ce grand maître,
Kant, qui met, comme toi, l'esprit à la fenêtre,

En lui donnant des yeux juste comme il les faut
Pour n'être jamais sûr de ce qu'il voit là-haut,
De ta gloire aussitôt avec feu je m'empare.
Peut-être trouves-tu le procédé bizarre;
Mais enfin c'est mon droit. Je ne suis pas pour rien
Ton ancien camarade et ton concitoyen.
L'orgueil chez un grand peuple est toujours solidaire.
Si chacun ne peut naître ou Pascal ou Molière,
Un communisme honnête et reçu parmi nous,
Du mérite d'un seul fait la gloire de tous.

Mais, dis-moi : Comprend-on ce tudesque caprice?
Parbleu, je te sais gré d'en avoir fait justice.
Car le doute est pour moi l'état le plus cruel.
Je me sens défaillir à son souffle mortel.
Aussi, tiens, j'en veux presque à la sagesse humaine,
Tant j'ai l'incertitude et la dispute en haine.
A quoi nous arrêter, nous autres ignorants,
Quand la discorde règne au milieu des savants?
Un sceptique surtout, voilà ma bête noire.

J'aime mieux me tromper que ne jamais rien croire,
Que me sentir, sans fin, en tous sens ballotté ;
J'ai besoin de croyance et de crédulité.
Je comprends, il est vrai, qu'un homme de science
Puisse être assez en fonds pour nier l'évidence,
Et trouve des raisons de douter, s'il le veut,
Qu'il fait clair en plein jour et mauvais quand il pleut.
Mais moi, pauvre et chétif, qui tiens à la lumière
Dont le divin rayon caresse ma paupière,
Certes, je n'irai pas douter de mes deux yeux,
Ou de ce beau soleil qui luit au haut des cieux,
Et fixant sur son disque imprudemment la vue,
En cherchant la sagesse attraper la berlue.
Les prophètes de Dieu, chez les premiers croyants,
On les nomma d'abord, tu le sais : LES VOYANTS.
Ce mot, à mon avis, rend justice complète
Au regard de l'esprit comme aux yeux de la tête;
Et tu t'es, à bon droit, proclamé champion
Des soudaines clartés de l'apercception.
Ceci te fait honneur, et moi, me fait envie ;

Car enfin la science est l'éclat de ta vie ;
Et, parmi nos docteurs, je n'en croyais pas un
Prêt à lui préférer ce pauvre sens commun.
Sur ce chapitre-là j'irais même peut-être
(Puis-je, sans trop d'orgueil, parler après le maître ?)
Encor plus loin que toi. Pourquoi ? Tu vas le voir.
J'ai peu de jugement, encor moins de savoir ;
Mais voilà ce qui fait ici ma confiance.

Nous ne pouvons pas tous atteindre à la science.
C'est un malheur, sans doute ; et, pour le compenser,
Dieu voulut qu'au besoin l'homme pût s'en passer.
En agir autrement, c'eût été pour un père,
Je puis le dire ici, sans craindre sa colère,
Faire entre ses enfants un partage inégal,
Donner aux uns le bien, à leurs frères le mal.
C'est pour ne pas commettre, au moins je l'imagine,
Pareille iniquité que la bonté divine
Voulut, sans te parler de l'aide de nos sens,
Nous pourvoir d'un falot nommé le gros bon sens,

Dans lequel, nuit et jour, brille la conscience,
Lumière qui vaut bien, à mes yeux, la science.
Elle se connaît peu, je le sais, en beaux vers ;
Mais au dedans de nous, les yeux toujours ouverts,
C'est un maître assez bon dans le grand art de vivre,
Qui du bien et du mal disserte mieux qu'un livre.
Et tu connais, je crois, un sage de bon goût
Qui, j'en pourrais jurer, la consulte sur tout.
Car, sans poursuivre en l'air, l'idéal, ce grand rêve,
A la hauteur du beau souvent elle s'élève.
A tout considérer, Dieu donc, sans contredit,
Fit la part de l'obtus comme de l'érudit.
Il ne s'en tint pas là, pour éclairer notre âme.
Vois ce bel univers, merveille qui proclame,
D'une voix à toucher la plus humble raison,
Un divin créateur aussi puissant que bon.
Je ne crois pas qu'il faille, à vrai dire, être un sage,
Pour deviner l'artiste, en contemplant l'ouvrage.
Ce n'est pas seulement ce soleil radieux,
Ce firmament semé de mondes lumineux ;

Ce n'est pas seulement ce beau séjour de l'homme ;
Une feuille, un brin d'herbe, un insecte, un atome,
Tout, dans sa petitesse ou son immensité,
Dans sa délicatesse ou dans sa majesté,
Ne nous fait-il pas voir Dieu, comme face à face,
Animant l'univers et remplissant l'espace?
Il ne s'agit pas là d'un effort de raison :
Un regard promené sur le vaste horizon
Embrasse tant d'éclat, de beauté, de richesse,
Que l'admiration nous tient lieu de sagesse.
Est-il besoin qu'alors, comme dans ces palais
Où, sous le bon plaisir du suisse et des laquais,
Les yeux se satisfont, aux dépens des oreilles,
Un plat cicerone nous gâte ces merveilles?

Ceci ne t'atteint pas. Bien que Dieu, selon moi,
Sans doute, à la rigueur, pût se passer de toi,
Et faire valoir seul son immense chef-d'œuvre,
Nous n'en trouvons pas moins un grand charme à ton œuvre
Jamais l'art jusqu'ici n'avait rencontré mieux.

Une prose admirable, un tour ingénieux,
Un poli dont l'éclat ne trahit point la lime,
Et parfois des élans s'élevant au sublime;
On sent à chaque page augmenter le plaisir;
Et, pose-t-on le livre, on veut le ressaisir.
Mais enfin, en ceci, ne va pas voir un blâme,
Tu captives l'esprit et Dieu va droit à l'âme.
Et, tiens, il faut qu'ici, sans vouloir rabaisser
La sagesse ni l'art qu'on ne peut trop priser,
En toute humilité, Cousin, je te confie,
Non pas mon jugement sur la philosophie,
(Juger exigerait plus de réflexion
Que jamais je n'en eus), mais mon impression.
Ne vois là, si tu veux, que la clarté mobile
De reflets se croisant dans un esprit futile,
Comme ceux du miroir que la main d'un enfant
Aux rayons du soleil agite en se jouant;
Et daigne m'écouter avec cette indulgence
Compagne du talent et de l'expérience.

Il m'a semblé parfois, quand je lisais Platon,
Son Phèdre, son Banquet, son éloquent Phædon,
Que le sage, ébloui par son propre génie,
Se payait volontiers d'éclat et d'harmonie.
J'étais tenté de croire, en contemplant son vol,
Que ses pieds dédaignaient de toucher notre sol.
Poëte aventureux autant et plus qu'Homère,
Ses ailes l'emportaient par delà notre sphère ;
Et, dans ce lieu d'exil resté comme un banni,
Je le suivais, en vain, des yeux, dans l'infini.
Je ne ris point ici de ce rire profane
Qu'ont rendu si fatal les traits d'Aristophane ;
Et ne désigne pas la sagesse au poison
Que l'époux de Xanthippe a bu dans sa prison ;
Mais ne puis m'empêcher de songer aux Nuées,
Emblème aérien de ces hautes idées
Que, par goût, son disciple, ami du vaporeux,
Groupe dans le lointain d'un horizon brumeux.
Bel aspect ! auquel, moi, cependant je préfère
Celui de Dieu parlant, sans nuage, et sur terre.

Quel attrait toutefois ! Où trouver le moyen
De n'être pas séduit par ce grave Athénien ?
Je ne sais si jamais la voix d'une sirène
A prêté plus de charme à la parole humaine.
Mais lorsque j'ai voulu méditer cette loi
Que le grand philosophe impose à notre foi,
Sans doute j'ai trouvé d'admirables maximes,
De grands enseignements, des caprices sublimes,
D'un monde évanoui curieux monuments
Dont l'antique prestige augmente avec le temps.
Quant à la charité, l'espoir qui nous console,
Ce vif accent d'amour, écho de la parole
D'un Dieu par la douleur comme nous éprouvé,
Le dirai-je, Cousin ? je n'en ai rien trouvé.
Aussi tous les trésors de ce brillant génie
N'ont pu du monde ancien retarder l'agonie ;
Et des hommes obscurs, des pauvres, des pêcheurs,
Réformaient l'univers, lorsque ses successeurs,
Des affranchis de Claude acceptant la livrée,
Après boire, amusaient Rome dégénérée.

De nos jours, il est vrai, je n'en disconviens pas,
Philosophe jamais n'a descendu si bas.
Le talent a chez nous un noble privilége;
Aux honneurs parvenu c'est lui qui nous protége.
Mais je n'ai pas tout dit; et bien que fatigant
A force de franchise, écoute-moi pourtant.
Il est bon, n'en déplaise à la sagesse humaine,
Qu'un peu d'ennui parfois tienne un sage en haleine.

Notre philosophie, à coup sûr, est en fonds
De talents, de vertus et de glorieux noms.
Plus heureuse, en ce point, que l'antique Lycée,
Dieu lui-même a chez elle épuré la pensée,
Et du dogme chrétien elle a tiré profit.
Je devine à peu près comment cela se fit.
Car, sans trop observer quatre-temps, ni vigile,
Elle a mis, c'est bien clair, le nez dans l'Évangile.
Naguère elle citait la Bible à tout propos,
Changeant par-ci par-là, j'en conviens, quelques mots.
Eh bien! quoique du Verbe interprète infidèle,

Il n'a pas moins, je pense, agi même sur elle.
Or, vois ici, Cousin, les caprices du sort :
Il est de ces bienfaits qui vous frappent à mort.
Celui-ci la surprit comme une catastrophe ;
Et brisa la couronne au front du philosophe.
Je ne te parle pas de celle du talent.
Ainsi que tu l'as dit, et prouvé noblement,
L'art peut se rencontrer dans la philosophie.
Telle n'est pas la fin par elle poursuivie.
La sienne est d'éclairer les gens tant bien que mal.
Mais qui donc en plein jour a besoin d'un fanal ?
Je comprends qu'autrefois sa lampe nécessaire,
Quoique sentant un peu, servît de luminaire.
Oui, quand les immortels, attablés dans les cieux,
Y buvaient à ce point de se prendre aux cheveux,
Et, le repas fini, descendaient sur la terre
Donner au genre humain des leçons d'adultère ;
Il faisait nuit alors ; et l'âme, que veux-tu ?
Cherchait, comme à tâtons, à trouver la vertu.
Peut-être a-t-elle cru trop vite, sur parole,

Les courtiers qui l'offraient aux portes de l'école ;
Et je n'oserais, moi, traduire tout Platon.
Ce fut pourtant alors un effort de raison
De chercher la lumière au milieu des ténèbres ;
Et ceux qui l'ont tenté sont justement célèbres.
Mais le ciel à présent n'est plus un mauvais lieu ;
Et l'on peut, sans rougir, prendre exemple de Dieu.
Lui-même, séparant le bon grain de l'ivraie,
Dans tant de vérités nous a montré la vraie.
Nous savons aujourd'hui quel est notre avenir,
Ce que le ciel prescrit et ce qu'il doit punir.
Que reste-t-il à faire à la philosophie ?
Faut-il, elle a le choix, qu'elle nous certifie,
En forme, et sous le sceau de son autorité,
Que le Sauveur du monde a dit la vérité,
Et que, tout bien pesé, l'homme peut, sans scandale,
Accepter l'Evangile et suivre sa morale,
(Il serait curieux de voir Dieu demander,
Fût-ce même à Cousin, de le recommander),
Ou que, renchérissant sur monsieur de Voltaire,

Elle oppose sa voix à celle de la chaire ?
Entre ces deux partis il n'est pas de milieu.
C'est être ou n'être pas ; ou s'absorber en Dieu,
Ou, tout bouleversant dans son philosophisme,
S'accrocher au néant et vivre d'athéisme.
D'athéisme ! à ce mot je te vois révolté ;
Tu ne pardonne pas à l'incrédulité.
Tu crois en Dieu, Cousin, non pas de confiance,
Comme nous, pauvres gens ! mais de par la science.
Et quand, dans les replis du cœur ou du cerveau,
Tu surprends quelque trace ou du bien ou du beau,
C'est à celui dont l'homme en a reçu le germe
Que tu rapportes tout, comme à son dernier terme.
Qu'il s'agisse du goût ou de la vérité,
Ta logique aboutit à la Divinité.
C'est ici, parmi nous, que la noble exilée,
A ton regard perçant l'âme s'est révélée.
De la tienne pourtant l'essor impérieux
Va chercher la patrie à la hauteur des cieux.
Quand tu parles alors on dirait dans la chaire

Entendre Ravignan, Sibour ou Lacordaire.
Tu cites, en courant, saint Paul, saint Augustin,
Fénelon, Bossuet et saint Thomas d'Aquin.
Forcé de t'élever d'une sagesse à l'autre,
De celle de l'école à celle de l'apôtre,
La plus haute l'emporte; et nous voyons, en toi,
La raison et le cœur entraînés vers la foi.
Ceci n'a rien d'étrange ; et ta philosophie,
C'est le besoin de tous, cherche l'air et la vie.
Pour elle, il n'en est plus hors des sacrés parvis.
Disciple de Platon ! les temps sont accomplis.
Il semble que, soumis à la métempsycose,
Il vous faille subir une métamorphose,
Et vous régénérer dans un être nouveau.
Se perdre au sein de Dieu c'est un sort assez beau !
Là, du moins, la sagesse une et toujours la même,
Ne va pas s'égarant de système en système.
Elle est ce qu'elle fut de toute éternité,
N'ayant qu'une doctrine et qu'une vérité.
On n'en fait point deux parts, l'une pour la science,

L'autre pour le salut et pour la conscience;
Et la philosophie, indigne de son nom,
Par de fausses lueurs éblouit la raison;
Ou, cherchant dans la foi la lumière éternelle,
Elle doit se confondre et s'absorber en elle.
Sa vie est désormais dans le dogme chrétien :
Hors de là, c'est un mot, un rêve, ce n'est rien.

Sans doute l'amour-propre y trouve peu son compte.
Je comprends qu'on éprouve une sorte de honte
A subir, avec tous, le vrai, comme une loi,
Au lieu de l'imposer en maître et fait par soi.
Puis, enfin, avant tout, nous voulons qu'on nous lise.
Vois les Pères pourtant, ces flambeaux de l'Eglise.
Pour n'être qu'un reflet du jour qui luit aux cieux,
L'éclat de leur parole est-il moins glorieux?
Sois-en donc assuré; de quel nom qu'on l'appelle
L'œuvre d'un grand talent n'en sera pas moins belle;
Et dût-elle à genoux prier dans le saint lieu,
La raison n'y perd rien à s'inspirer de Dieu

Aussi j'ai peine à voir, excuse ma franchise,
La tienne s'arrêter sur le seuil de l'église.
Tu crains de te lancer par delà ton sujet.
Eh bien l'art même y perd. Lorsqu'il a pour objet,
Comme dans tes écrits, non pas de satisfaire
Le caprice élégant du monde littéraire,
Mais de retremper l'homme à la source du bien,
Il est bon, fût-on même académicien,
De respirer souvent dans l'air de l'Evangile
Ce parfum de bonté qui va de l'âme au style.
Pénétrant de respect les plus nobles esprits,
Par les plus humbles cœurs ce grand livre est compris.
C'est que là, tel qu'il est, reproduit par l'apôtre,
Dieu nous révèle un cœur battant comme le nôtre ;
Un maître que l'amour a conduit parmi nous,
Et qui, pour nous sauver, s'est fait l'égal de tous.
Heureux qui peut guérir, en touchant leur paupière,
Les infirmes privés du don de la lumière !
C'est ainsi que le Christ allait, par les chemins,
S'entourant d'affligés, de pauvres, d'orphelins.

Il ne me souvient pas avoir vu, de ma vie,
Un semblable cortége à la philosophie.
A quoi bon irait-on se presser sur ses pas ?
Sans une longue étude, on ne la comprend pas.
Etrange médecine ! inutile aux malades,
Si, comme le docteur, ils n'ont pris tous leurs grades.
Ah ! combien je préfère un remède connu,
Répandant son bienfait sur le premier venu.
Fût-il de ceux qu'on vend sur la place publique,
Le point c'est qu'il opère aussitôt qu'on l'applique.
Or, pour venir en aide au pauvre, au malheureux,
Il faut savoir être humble et se rapprocher d'eux.
S'abaisser au niveau des plus faibles natures,
Tel est le grand secret des saintes Ecritures.
Quand l'amour se fait jour à travers la raison,
C'est alors qu'on recherche et qu'on suit la leçon.
Car le cœur goûte peu l'éclat d'une harangue ;
Et qui veut le toucher doit lui parler sa langue.

Ces trésors de l'amour et de la charité,

Voilà ce que n'eut point la belle antiquité.
Et bien que par le Christ avec nous épurée,
L'école sur ses bancs brille régénérée,
Toujours à la hauteur des Grecs et des Romains,
Elle nous voit bien bas, nous qui sommes des nains.
Et puis, on le comprend, son rêve, c'est la gloire.
Il est beau de léguer un nom à la mémoire,
Assuré qu'on vivra même au delà de soi.
Et moi, j'en conviendrai, qu'un sage comme toi,
Dans ses derniers réduits poursuivant la pensée,
Mette à nu, sous mes yeux, mon âme analysée ;
J'aime à me contempler dans son docte miroir.
Je ne sais quel plaisir on éprouve à se voir.
Aussi quand nul mécompte, aucune inquiétude
Ne viennent de mon cœur troubler la quiétude ;
Lorsqu'en paix avec moi, satisfait de chacun,
Je me sens dégagé de tout soin importun,
Alors j'ouvre son livre et mon esprit avide
Goûte une volupté qui ne laisse aucun vide.
Mais dans ces jours d'ennuis où fatigué de tout,

Je sens, dans tout mon être, un immense dégoût;
Quand j'ai vu, loin de moi, s'envoler comme un rêve,
Une joie, un ami que le destin m'enlève,
Laissant mon âme seule avec le souvenir
Du bonheur que nos vœux ne peuvent retenir,
Que m'importent alors et l'art et l'éloquence,
Et les mots alignés qui tombent en cadence?
Je veux, je veux un livre où respire la foi,
Qui semble me comprendre et s'attendrir sur moi.
A quoi sert d'afficher l'orgueil de la constance?
Et si du sein des pleurs un rayon d'espérance
Luit, et laisse entrevoir, me souriant aux cieux,
Ceux qu'ici vainement cherchent partout mes yeux;
Oh! combien j'aime alors, j'admire, je vénère,
Ces pieux inspirés qui lèguent à la terre
L'écho de leurs soupirs éloquents de douleur,
Mais aussi de foi vive en un monde meilleur.
En eux ce qui m'assure et ce qui me console,
Non, ce n'est pas, Cousin, l'éclat de la parole.
Le cœur des affligés en fait si peu de cas!

C'est ce sentiment vrai qui ne nous trompe pas,
Ce sont des jours empreints de piété profonde,
D'ardent amour de l'homme et de mépris du monde.
Les œuvres à mes yeux valent tous les discours.
Qu'une sœur à nos maux prodigue les secours,
Émule du sauveur que pour nous elle prie.
Qu'Affre ému de pitié, pour un peuple en furie,
Marche, en prêchant la paix, au-devant de la mort,
Mon cœur me dit qu'aux cieux, pour l'homme, il est un po
Et que, de sa promesse observateur fidèle,
Dieu garde à ses élus la couronne éternelle.

Mais j'aborde un sujet trop élevé pour moi ;
Notre plus sûr garant sur ce point c'est la foi.
On ne peut demander à la philosophie
De prouver, par témoins, qu'il est une autre vie ;
Et j'ai trop d'intérêt à ce qu'elle ait raison
Pour regarder de près aux preuves de Platon.
Quand je veux les peser, malgré son éloquence,
Je sens se refroidir ma plus chère espérance.

Toi-même, à qui m'en prendre, est-ce à mon faible cœur?
Pour l'avenir de l'âme, en te lisant, j'ai peur.
Aussi, pour être sûr que je dois me survivre,
A ce chapitre-là, je veux fermer ton livre.
J'aime mieux méditer la parole de Dieu.
Je serai plus tranquille. Ainsi, Cousin, adieu.

Paris.—Imprimé chez Bonaventure et Ducessois, 55, quai des Augustins.

www.ingramcontent.com/pod-product-compliance
Ingram Content Group UK Ltd.
Pitfield, Milton Keynes, MK11 3LW, UK
UKHW021206230726
13926UKWH00001B/348